그대, 왜냐고 묻거든

서복길 시집

시 : 마네킹의 하루
시낭송 : 박영애
스마트폰으로 QR 코드를 스캔하면
시낭송을 감상할 수 있습니다.

시음사
도서출판

鐘을 닮은 시인 서복길

세상에는 여러 종류의 鐘이 있듯이 종을 닮은 시인도 있다. 우리가 흔히 알고 있는 에밀레종은 세계에서 가장 아름다운 소리를 내며 원형 그대로를 보존하고 있다. 종이 가진 의미를 모르는 사람이 없을 것이다. 세상의 만물을 깨우는 것에서부터 소식을 알리는 일까지 다양한 일에 쓰여 왔다. 바로 세상에 무엇인가를 알리려 하는 서복길 시인의 시집 "그대, 왜냐고 묻거든"을 추천하고자 한다. 종을 좋아하는 이유 중에 하나가 바로 그 소리가 수 킬로미터 밖에서도 들릴 정도로 멀리 전달된다는 것이다. 이것이 가능한 것은 '맥놀이 현상' 때문이라고 한다. 종에서 진동이 다른 두 개의 소리를 나오게 하면 이 두 소리가 서로 간섭하면서 강약을 반복하게 되고 이렇게 함으로써 소리를 먼 데까지 보낼 수 있게 된다고 한다.

바로 서복길 시인님을 보면 이러한 종의 현상을 볼 수 있다. 서복길 시인은 감성적이다. 그렇지만 약하지도 않다. 그러면서 은근히 다시 한 번 기억하게 하는 힘을 가지고 있으면서 강력한 힘도 가지고 있다. 자신만의 화두를 던지고 그 속에서 자신의 자아를 찾아보라는 의문점 또한 강하게 내포하고 있는 작품들을 볼 수가 있다. 문우와의 교류 또한 늘 활발한 시인이다. 남녀노소를 불문하고 시인을 따르고 동료 문인들이 많은 것만 봐도 그가 얼마나 멋진 삶을 살면서 좋은 작품을 쓰는지를 알 수가 있다. 이런 서복길 시인의 작품이 오랜 시간 종소리처럼 멀리 그리고 오래 독자들의 기억에 남기를 바라며 시집 "그대, 왜냐고 묻거든"을 추천한다.

사단법인 창작문학예술인협의회 이사장 김락호

시인의 말

세상을 살아가면서 함께 걸어가는 그림자와 같은 나와 또 하나의 나, 분신인 아름다운 동반자가 있습니다. 생활에 부대끼며 살아가는 동안 나하고는 거리가 먼 아니, 꿈에도 생각할 수 없는 일이 나이 50이 넘어 기적같이 일어났으니 참으로 복 받은 것으로 생각합니다. 시와 접하면서부터 세상을 보는 눈과 생각이 바뀌고 생각하는 깊이도 많이 바뀌는 저 자신을 보면서 "시" 이란 무엇일까? 무엇이기에 한 사람의 인생을 완전히 바꾸었을까? 참, 많이도 생각해 보았지요. 나에게 인생의 새로운 길을 열어준 고마운 은인이라 말하면 사람들은 웃을까요? 하지만 그런 것은 개의치 않습니다. 사실이니까요.

요즘 같이 메말라 가는 현대 사회에 살면서 이기적이고 삭막한 세태(世態)에 많은 사람이 시를 접했으면 하고 바랍니다. 문학인의 길에 들어선지 이제 몇 년 되지는 않았지만 항상 초심을 잃지 않는 글쟁이의 본분 지켜나가렵니다. 나름, 부족한 글이지만 마음 하나하나 담아 첫 시집을 발간하게 되어 참으로 기쁘게 생각합니다.

감사합니다.

시인 서복길

그리운 날에는

사랑이 머무는 곳

손에 손잡고

가슴으로 부르는 노래

그리운 날에는

가슴 한편에 흐르는 잔잔한 요동
시가 되어 흐르기에.

사랑이란

기억하지 않으려 해도
눈에 아른거리고
보고 싶은 그리움이라 했고

사무치도록 쌓여
나도 모르게 흘러내리는
애타는 눈물이라 했던가

서로 사모해서
그 이름을 쓰고 또 쓰고
그러다 마음 한편에

애절한 마음 가득 차
결국 응어리진
마음의 병이라 했지

서로 간절히 소망하고
바라보고 있다는 것은
진정 살아 있는 행복이라

사랑이란 그런 걸게야!

그대

그대,
곁에 가고 싶어
바람에 마음을 띄우고

말 다 못한 사연
저 하늘 가득 수놓아

밤이 되면
은하수 별되어
쏟아 내리나 봅니다

그대,
두 손 마주 잡고
걸어가는 이 길에는

변함없는 사랑으로
한마음 되기 원하기에

우리 영혼 가득
숨결 속에
영원할 것입니다.

나 사는 동안

나 사는 동안

힘들고 지친 마음
보듬고 위로하면서

마음 하나 되는 그런 날

곁에서 바라봐 주고
희미해져 갈수록 의지하며

두 손 꼭 잡아주는 그런 날

주름진 얼굴 보며
안타까워하면서도

서로 웃을 수 있는 그런 날

삶의 의미 만들어 가는
그런 날들이었으면 좋겠습니다

나 사는 동안.

시월에

가슴 가득히 스며드는
시월의 가을바람이 부른다

한 걸음씩 내딛는 들길따라
물씬 풍겨오는 향내는
마음속까지 취하게 하고

여기저기서 서로 봐달라고
손짓하는 들꽃의 춤사위는
깊어가는 계절의 몸부림 아닌가

저 널따란 들녘 가득히
영글어가는 곡식들의 모습이
이렇듯 가슴 벅차게 채워질까?

보이고 느끼는 것만으로도
콧노래 흥이 저절로 스치는 바람도 좋아
햇살에 얼굴이 그을린들 어떠리

한 걸음씩 내디딜 때마다
점점 빠져들게 하는
이렇게 좋은 날
어느 시월에.

빈 가슴에

하늘 붙박이
별이 내려온다

그 그리움은
내 그리움 찾아서

그 외로움도
내 외로움 곁으로

그 보고 싶음이
내 보고 싶은 마음으로

남몰래 흘린 눈물
불꽃 같은 사랑 되어

내 빈 가슴 제치고
내려앉았다.

그리운 날에는

오늘처럼 하염없이
그리운 날에는
그대를 찾아 떠납니다

그리움이 깊어가는 날은
불타던 내 가슴
사그라진 재 되어
바람 타고 날아가고

그리움이 밀려드는 날은
가득 찬 눈물
보고 싶음의 봇물 되어
그대에게 흘러갑니다

그리움이 그대 만나는 날은
재가 되어, 봇물 되어
가슴으로 말하는
아름다운 시어로 채우렵니다

오늘처럼
미치도록 그리운 날에는
그대에게 달려가
그 품속에 안기고 싶습니다.

그대는 무슨 생각 하시나요

그대는
지금 무슨 생각 하시나요

바람에 흔들리는 가지 사이로
날아가는 새를 보며
혹시 내 생각하시는지요

눈을 감고 쓸쓸히 앉아
사색에 잠길 때에는
우리 사랑 기억나시나요

햇살 내리는 창가에 앉아
손에 든 찻잔 속에 피어오르듯
내 얼굴 떠오르지 않으시나요

어둠이 엄습해 오면
외롭고 서글픈 마음에
아프고 저리지 않으시나요

세월 되돌아보는 시간 속에
나처럼 그리운 얼굴 생각나
가슴 치며 울어 본 적이 있나요

지금,
그대는 무슨 생각 하시나요.

가을비

점점 깊어가는 가을날

이 가을이

눈물을 흘리며
이별채비를 하고 있다

내리는 비에 떠밀려.

언제쯤이면

내가 바라보는 이 길에
모든 것이 멈출 수가 있을까

안개처럼 뿌옇게 피어나는
그리움이라 하는 것

아무도 없는 적막함 속에 갇혀
혼자 서 있는 외로움

혹여, 누군가 불러주는 소리에
귀 기울이려 애쓰는 모습도

언제쯤이면

바라보는 이 길이 끝이 날까
겨울은 벌써 내게 왔는데.

사랑아

사랑아
나의 사랑아

널 향한 그리움이
안개처럼 피어오를 때
가슴 하얗게 물들인 나의 사랑아

밤새워 뒤척이며
꿈속이라도 얼굴 마주하려나
그리움과 보고픔에
더듬어 보는 너의 형상

긴 겨울밤
세상은 꽁꽁 얼어붙어도
너를 향한 뜨거운 가슴으로
이 겨울이 녹아내리고 있다

사랑아
사랑아
나의 사랑아.

가을빛 사랑

온 세상 물들이며
채색되어 가는 가을빛아

숲길따라 걷노라면
그대 품속으로 빠져들어

나에게 준 가을빛 사랑으로
이 가슴 가득 채우려 합니다

타들어 가는 노을처럼
점점 붉어지는 가을빛아

뜨거운 열정으로 번져와
내 가슴도 태우고 있으니

가을빛 사랑의 입맞춤으로
그대 가슴 가득 채워 드립니다.

그리워한다네

눈이 내렸네

온통 하얗게 덮인 들판이
이제 시작이라네

쌓인 눈 위에
무수히 많은 발자국이
너를 밟고 갔다네

햇볕의 따스함으로
녹아내리고
바람에 부딪힘으로
날려 가버리니
너는 점점 사라져 간다네

잠시 왔다가
힘없이 가는 네게
애틋한 연민 느끼며
네 생각에
뒤돌아 본다네

그리고
네가 왔던
그 시절을 그리워한다네.

가을이라는 이름으로

바람의 손길
들꽃 흔들림
마음 헤집는 그대여!

뜨거운 사랑
녹여 놓으시고
그리움 가득
마음 쟁반 채우시더니
긴 침묵 속에
나를 가두려 하십니다

계절 향기
채색으로 뿌리시며
퇴색되고
지워져 가는 길따라
시린 마음속
가득 고인 눈물보

어찌하여 세월 속에 묻혀
서성이라 하십니까

아!
그대는 정녕
가을이라는 이름으로
나를 유혹 하고 계십니다.

잠 못 드는 건

이 밤

잠 못 드는 건

내 속에

그대를 향한

그리움이 있기 때문이다.

언제나 그랬듯이

시계의 알람 소리에
눈을 뜹니다

손을 내밀어
소리를 끄면서부터
아침의 창을
활짝 열어젖힙니다

내게 주어진 시간
그 짜인 틀의
옷을 껴입고
하루를 살아갑니다

언제나 그랬듯이.

오늘 하루도
별 탈 없이 무사히
지내길 바라면서
또 하루를 살아갑니다.

시작과 끝

생명의 싹으로 시작되어
종말엔 흙으로 마감하는 생

어린 시절 지나 청년이 되어
나이 들어가는 과정에서

어느덧, 나도
중년의 자리에 버티고 서있다

살아온 날들보다
앞으로 살아가야 하는 날들은
지금도 진행 중인데

광음 같은 시간을 뒤로하고
이 인생이란 여행에서 다다른
마침표의 끝은 아무도 모른다

지금도 흐르는 시간은
쉬지 않고 가고 있지 아니한가

모든 시작은
끝을 향해 가고 있기에

누구라도 중간에서
가는 길을 멈출 수 없음이라.

오작교

칠월칠석 견우직녀의 오작교
열망하며 애타는 사랑이여
긴 세월 이루지 못한 사랑

기다림에 가슴속 녹아들어
두 눈 속 짓무름을 알기나 할까

오시는 길 어둡고 멀다 해도
밤하늘의 은하수 다리 만들어
고운 임 오실 제 마중 나갈레라.

하얀 바다

석양 붉게
물들어 갈 때면

그리움에 애타고
기다림에 지친 마음은

한 가닥 꿈으로
바람에 흩어집니다

오늘도
그대 향한 마음은

허공 속에 맴돌다가
지는 태양 속으로 퇴색되어

쌓이는 것은
타고난 하얀 잔재뿐

눈에 눈물 고이면
가슴속은 하얀 바다 이룹니다.

보고 싶어서

쓸쓸한 바람
깊어가는 이 날에

그리움에
보고 싶음에

가슴 녹아내리고
목 부르터 갈라져도

당신의 가슴까지
전해질 수 있다면

그대의 이름 부르고
또 부르렵니다

가을 길 걷다 보면
그대 만나려나

가을 속으로 빠져드는 건
사랑의 한 과정이라

보고 싶은 그대여!
사랑하는 그대여!

그대의 이름
부르고 또 부르렵니다.

세월의 강에서 시간을 낚다

구름이 흐르듯 시간이 가고
시간도 세월의 강으로 함께 흘러간다

지칠 줄 모르게 돌아가는 시곗바늘은
나와 눈이 마주쳤지만,

결국, 벽에 걸려 있는 달력을
외롭게 한 장만 남겨 두고 말았다

어느 누군들 지나가는 세월을
멈추게 하고 잡을 수 있을까 마는,

이미 가버린 추억의 기억들을
난 오늘도 하나씩 건져 올리고 있다

멈추려야 멈출 수 없는 시간이요
잡으려야 잡을 수 없는 세월이라

말없이 유유히 흐르는 세월의 강 속으로
너와 나는 매일 손 잡고 동행하고 있다.

들꽃

황량한 들판에 홀로
애처로운 모습일지라도
나만의 모습으로 피어나

알아주는 이 없어도
바람이 흔들어 대어도
그대 따스한 손길 기다립니다

이름 없이 화려하지도 않지만
그대 가슴에 머물고 싶어
나만의 향기로 가득 채우며

이 가을 길 찾아온
당신의 발걸음
멈추게 하는 들꽃이 되렵니다.

아무 일도 없었던 것처럼

하루가 지는 시간이면
어김없이 꼭꼭 숨어 있던
그리움이 봇물 터지듯 나옵니다

해 질 녘 창가에
어둠이 스며들 때면
긴 시간 속으로
그리움 찾아 들어가
뿌연 그대 허상 더듬으며

웃다가
울다가
몸부림치고
그렇게, 그렇게
내 발에 족쇄를 채우고 맙니다

아침이면
아무 일도 없었던 것처럼
시침 떼는 버릇
당신이 내게 준 사랑이었습니다.

세월

세월아
너는, 막지도 못하고
잡지도 못해

그 누군들
막을 수 있을까
잡을 수 있을까

세월아
너는, 바람같이
물같이 흘러만 가니

인생살이
바람같이 흩어지고
흐르는 물처럼 떠나가네

어느새
바뀌어 가는 내 모습에
괜스레 거울만 탓하누나

세월아
세월아.

희망이 솟아오른다

잠자던 대지를 뚫고
희망의 해가 솟아오른다

어둠은 물러가고
밝고 환한
새로움의 시작이 열리니

희망이 솟아오른다

묵은 한해가 지고
희망찬 해가 솟아오른다

어제의 내 삶도
새날과 함께
다시 태어나기 바라니

희망이,
희망이 솟아오른다.

당신의 마음

설렘으로 두드려 봅니다
대답이 없어서,

다시 한 번 두드려 봅니다
이번에도 여전히,

혹시 하는 맘으로
또다시 두드려 봅니다

잘못 찾았나?
번지수가 틀렸나 봅니다

당신 마음의 주소
알려주지 않으실래요?

보고 싶다

오늘은
유난히도
그대가 보고 싶다

언제나 가까이 있는
그리움이지만
쓸쓸함이 밀려오고

지금도 함께하는
사랑이지만
외로움이 스며드는 건

나의 가슴에
차지한 자리가
너무 커서 그런 걸까

왠지,
오늘따라
그대가 더 보고 싶다.

사랑이 머무는 곳

내 마음 머물게 하는 곳
포근한 그대 마음속 뿐인 걸.

스무 시절엔

긴 머리 곱게 빗어 땋아
빨간 금박댕기 내리고

연둣빛 열두 폭 치마에
색동저고리 갑사 고름

양손 살짝 들어 올린 치마
보일 듯 말듯 꽃버선 코

대청마루 문지방 넘나든
사뿐사뿐 꽃 나비였어라

눈에 선한 그 모양마저
흐르는 세월을 따라가고

어느새 따라붙은 이름표
중년이라 말해주고 있네

그려보는 그 시절 그리워
내 마음속에 아득한 기억이여.

운동화(花)

화단에 곱게 핀 꽃
가는 길 붙들면
아는 척 손 흔들어 주니
바람에 향기 실어 답하고

균형 잡아 준다고
아들이 사준 운동화
오솔길 걷노라면
절로 콧노래 흥겨워라

행복한 마음
기쁨도 충만
난, 두둥실 구름 타고 올라
파란 하늘 걷고 있네

바람 타고 내린
봄꽃
어느새,
내 발에 핀 예쁜 운동화(花).

사랑이 머무는 곳

따스한 봄 햇살과
싱그런 봄바람은

예전에 느꼈던
옛 사랑이 아니었을까

마음 설레게 하는
신비스런 햇살 속에서

귓가를 스치며
애무해주는 바람의 느낌

긴 기다림 끝에 다시 만난
연인들같이

아마 예전에 서로
사랑하는 사이였을지도 몰라

내 마음속에 찾아든 봄
그대는 분명 내 사랑이었음을

사랑이 머무는 곳
포근한 그대 마음속 뿐인 걸.

봄의 오케스트라

길을 걷다가
마냥 서서 눈 감아본다

파란 하늘엔
바람이 오선을 긋고
동백
매화
벚꽃
개나리
진달래

갖가지 색깔마다 음표 되어
아름다운 선율이 물결친다

봄이
내 속에 들어오고 있다

요동한다
황홀한 오케스트라가 되어.

사랑은

사랑은 하는 순간부터
기쁨이요, 행복함으로
온통 가슴 가득 채워지긴 하지

눈에 콩깍지가 씌이면
모든 세상이 달라 보이고
황홀경에 빠져 허덕이지 않을까

누가 사랑을 아름답다고 했나
얻는 것만큼
잃는 것도 있다 하지 않던가

사랑을 노래할수록
그만큼의
아픔과 눈물도 동반하고

더 깊어질수록
머리와 가슴속에 온통 꽉 차
손발을 묶고 몸살도 앓으니
아주 몹쓸 병이 아닌지

올가미에 잡혀
집착도 더해 가니
사랑은 미친 짓인 건 분명하다

그래도 한 번쯤은
이 지랄 같은
사랑에 빠져 미쳐보고 싶다.

봄 소리 엿듣다

산이 들이
하품하며 기지개를 피니
대지 숨 고르는 소리
봄이 오고 있다

싱그런 봄바람
흔들어 깨우는 소리
제 세상 만났으니
이제 살맛 나는가 보다

아지랑이 꽃 피어
파릇파릇 물오르는 소리
오색 향연의 축제
한창 준비 중이겠지

생기에
봄 터지는 소리
여기저기 아우성이다

가만 귀 기울여
봄, 너의 소리 엿듣는다.

해를 품은 달

붉은 노을 피어날 때
나를 기억해주세요

기우는 해 그림자 뒤로
어둠이 스며들 때면
환한 달빛이 되어
그대와 길동무 해드릴게요

마음의 안식처 찾아
어두운 밤길 걸어갈 때
밝은 등불이 되어
그대 뒤따라 가며 비춰줄게요

난 그대 위하여
숨결 속에 머무는 달이 되어
봄의 햇살처럼
가슴속에 품고 다닐 수 있는

해를 품은 달이 되어서.

봄아!

나뭇가지 연 잎사귀
손 흔들어 댈 때면
속 가슴 일렁이는 건 왜일까?

너의 유혹 못 이겨
설거지 하다말고 고무장갑 내던지고
장 보러 간다는 핑계로 나선 발걸음

봄아!

너에게 이끌리어
이리저리 동네 한 바퀴 돌고
빈손으로 그냥 들어오고 말았다네.

꿈

구름 길을 걷는다

너와 내가 손잡고
고운 꽃들 사이로

벌과 나비의
날갯짓이 보이고

너울거리는 선율 따라
내딛는 발걸음이 흥겹다

행복에 감흥 된
웃음소리가 퍼져 나간다

이 순간 깨어나고 싶지 않다
내 손잡은 너를 생각하며.

봄날

오색 빛 봄바람 타고 와
가슴에 머무네

보인다
손짓하는 모습이

들린다
너의 소리가

그 속으로
들어가고 싶다

처음 만났을 때
가슴이 뛰는 것처럼.

라일락

푸른 잎사귀 사이로
보랏빛 신비스런 사랑아

싱그런 햇살처럼 살포시
가슴 비집고 들어오네

너의 향기에
후각은 마비되고
정신마저 혼미하니

꽃 비 되어 적시는
진한 사랑에
초점 잃은 눈동자

라일락, 너는 어느새
내 마음을 훔치니

수줍어 발그레한 난,
너에게 취해
그 자리에 주저앉고 말았다네.

겨울이 오면

겨울이 오면
어디론가 떠나고 싶다

아는 이 없고
기억해 주는 이
없으면 어떠하랴

모든 것 뒤로하고
낯선 곳으로
저 순백의 세상 찾아

나만의 시간 속에서
모두 잊고 혼자가 되고 싶어

이 겨울 속으로
무작정 떠나고 싶다.

봄바람

바람이 들어온다
마음에 구멍이 뚫렸나 보다

어느새 밀려 들어온 넌
자리 차지하고 웃고 있다

내게 찾아온 손님
내쫓지 못해 그냥 내버려둘까?

지나가다 잠시 들린 걸 거야
때가 되면 돌아가려나

말도 못하고 아는 체도 안 하고
그러다 보니 어느새 보이는 빈자리

바람아, 소용돌이치는 가슴아
조용히 잠자거라
내 이 나이에 어쩌라고 그러느냐

밤새
혼자 끙탕을 앓았다.

설레는 마음

작게 이는 바람에도
설레는 마음

그게 어디서 왔는지
스치기만 해도
콩닥콩닥 뛰는 심장이
펌프질하듯 말해주고 있어요

싱그런 숲 향기에도
설레는 마음

길따라 걷노라면
계절마다 누리는 향긋함에
온몸 가득 차오르는 전율
이 떨리는 가슴 전하고 싶어져요

들리시나요
그대 향한 설렘이.

봄의 유혹

언덕 응달쪽
남아 있는 잔설에
봄바람이 입김을 불어주고

마음 설레게 하는
눈부신 햇살은
발걸음에 콧노래를 더합니다

저 하늘 끝에
한 가닥 걸어둔
잡힐 듯 잡히지 않는
미지의 세계로
마냥 날아가고 싶은 마음

나만 위해 비추는 햇살,
내게만 부는 바람인 양
길 헤매는 난,

어느새
바람난 처녀처럼
봄의 유혹에 빠졌습니다.

단골이 되다

길 가는 내게
커피 향이 유혹합니다

어딜 바쁘게 가시나요?
잠시 쉬었다
가시지요
종일 기다렸어요. 하며

어때요?
맛과 향이 참 좋죠
사랑가득 담았어요
자주 오셔서 쉬어가세요. 라고

길 가던 나는
작은 카페에 단골이 되었답니다.

눈꽃

나, 눈꽃 되어
그대 찾아 날아왔어요

그리움 타고 보고 싶어서
그대 사랑 찾아왔어요

그대에게 다가갈수록
녹아 사라지는 운명인 걸 알지만

그대 팔에 안기려 맴돌면
가슴 깊이 포근히 품어주세요

이젠 외롭지 않아요
슬퍼하지도 않아요

나, 눈꽃은 녹아 사라져도
그대 품에 안기고 싶으니까요.

하나된 마음

보고 싶어 설렘 안고
기다리는 마음

그리움으로 찾아오는
나만의 사랑

그대를 떠올리는 시간은
나만의 행복

그대의 따스하고 은은한
한결같은 사랑

나 또한, 그대를 향해
여전히 흐르는 사랑

주고받는 우리 사랑은
하나된 마음.

내 사랑 가을은

산등성이 수놓듯
내 빈 가슴 채우더니
떠나기 아쉬운
눈길을 보냅니다

해거름녘에
흩어진 낙엽처럼
미련 버리지 못해
안달하며 발 구르고

나들목에서
계절의 쳇바퀴 돌듯
운명 거부 못 해
아쉬움과 한숨 내쉬며

함께 부른 가을 찬미로
귓가 맴돌며
행여 잡은 손 놓칠까
옷깃 세우고 서성입니다

내 가을 사랑은
가슴 가득 정 남기고
떠나기가 아쉬워
길목만 바라보고 있습니다.

다 알고 있으니까

마주 보는 그 눈빛이
좋아서
아주 좋아서

쉿!
더는 아무 말도
하지 마세요

그대와 나
우린 서로
다 알고 있으니까.

봄이 왔어요

겨울 끝자락에 기대어
꽁꽁 얼었던 마음 하나
빨랫줄에 내다 널었습니다

겨우내 멍울로 머물러
피지도 못했던 마음
봄바람에 날려 보내렵니다

따듯한 기운 마음에 채워
싸늘한 겨울의 고뇌와
미련없이 이별을 고하려 합니다

봄 햇살과 바람에
꽁꽁 언 멍울이 풀리니
역시, 봄은 참 좋은 계절입니다.

빈 의자

인적마저 드문 공원
덩그러니 놓여 있는
빈 의자 하나

꽃들과 새들의 노래
아이들 떠들어 대던
소리마저 떠나가고

빛바랜 계절의 흐름 속에
찾아주는 이 없어
홀로 자리를 지키는 너

쌓이는 낙엽을 행여
바람이 날려 버릴까봐
꼭 잡고 또 잡는다

그 모습 애처로워
차가운 겨울바람은
너를 비켜 지나간다.

가을 국화

이 가을이
국화 향기로 가득 차 있어요

내 가슴에 피어난 국화
그대 가슴속에도
국화향으로 가득 채워졌음 해요

혹여, 길을 지나시다가
국화를 보신다면
그냥 지나치진 말아요

사랑의 눈길로
바라봐 주신다면
나도 그렇게 바라볼 거예요

발길 머물러 주는
마음이 있다면
더 짙은 향기를 드릴 거예요

가을 국화는 그대로 인해
이 계절 내내
끝없이 행복할 테니까요.

나의 아들아

세상에 태어남은
· 기쁨이요, 축복이란다

나의 아들아
네가 있으므로 희열과 기쁨을 느끼고
입술엔 늘 감사함을 고백하게 되었지

너로 인하여 얼굴엔 웃음꽃이 피고
삶의 의미와 행복도 느끼니
가슴속엔 뿌듯함도 언제나 가득하단다

앞으로 걸어갈, 수많은 세월 속에
어두운 곳에는 희망의 빛을 비춰주며
상처 나고 아픈 곳에서는 소금의 역할을
감당할 수 있는 꼭 필요한 사람이 되어라

네게 주어진 어느 자리에서든지
최선을 다하고 쉬지 않는 삶에
노력과 도전도 왕성하기 바란다

행여, 세상이 너를 힘들게 하거나
등을 돌릴 일이 생길지라도
앞으로 나가며 꿈을 잃지 마라.

믿음으로 바라봐주고
네 편이 되어줄 든든한 버팀목이 있다는걸
항상 기억하길 바란다

세상 끝날 때까지 너에게 해줄 단 한 가지
하나님 보좌를 움직이는 기도는 쉬지 않을 것이다

사랑하는 아들을 위한, 이 어미의 몫이니까.

눈 내리는 밤

눈이 내립니다
내 사랑 오실 길에

이리도 오면 어쩌나
그저 손 내밀어
내리는 눈 잡고 또 잡고

행여 오시는 길에
발걸음 시릴까
길 막혀 헤매진 않으실까

가로등 불빛 사이
밤은 점점 깊어지는데
휘날리는 눈이 야속합니다

내 사랑 오실 길에
이 밤, 내리는 눈 사이로
나의 연심(戀心) 보냅니다.

눈이 내리면

온 세상
하얗게 쌓여
순결한 마음 드리우며

내 가슴에
눈꽃과 함께
사뿐히 내려 앉으소서

꽃향기 보다
진한 사랑으로
고이 품어 주시며

발자국
남기지 마시고
그대 사뿐히 오소서

가슴으로 스며드는 눈꽃
품어도 녹지 않는
고운 사랑으로 내게 오소서.

네 천사

보이지 않은 작은 손길
마음이 아름다운 사람들

추운 날 따듯함을 전하며
소외되고 외로운 이웃에게

가까이 다가가 친구가 되고
나누고 베풀줄 아는 사랑의 실천

꺼져가는 호스피스 병동에
촛불 밝히며 소망으로 채우고

멀리 선교의 씨앗 심으며
작은 한알의 밀알이 되고자

네 천사가 모여
사랑의 진리 실천하다

오직
감사와 기쁨 만으로

그것이
주님께서 원하는 삶이기에

그때가 그립다
보고싶다.

*오영자 송문숙 박창선 서복길, 석관동 네 천사라 일컫음 받다

그대가 있어 난 참 좋다

이른 새벽 목마름으로 깨어날 때
아침 이슬같이 시원하게 갈증을 풀어주는
그대가 있어 난 참 좋다

항상 마음 한편에 자리 잡고 있어
생각 한 줌 떠올리면 살며시 다가와 안아주는
그대가 있어 난 참 좋다

조심스럽게 이름을 부르노라면
내 귓가에 찾아와 사랑으로 속삭여주는
그대가 있어 난 참 좋다

쓸쓸한 밤길을 갈 바 몰라 혼자 헤맬 때
내 곁에 와서 위로하며 동행해주는
그대가 있어 난 참 좋다

계절이 바뀌어 몸살 앓을 때마다
애타하며 못다 한 사랑 노래 불러주는
그대가 있어 난 참 좋다

그대여,
언제라도 부르면 화답해 주는
그대가 있어 난 참 좋다.

손에 손잡고

홀로 어두운 길 걸어갈 때
손잡고 함께 걷는 길동무가 되어서.

홍시

수줍어
빨갛게 붉어진 얼굴

행여, 톡 건드리면
터질 것 같아

조심조심
손바닥에 얹어보네

달콤한
너의 그 맛 잊을 수 없어

나 어릴 적
내 입에 쏙 넣어

그저 좋아라,
바라보시던

생전의
아버지 모습이

홍시 맛으로
맴돌아 내게 왔네.

마늘

양념 중 일편단심
빠질 수 없는
약방의 감초

햇마늘 시집온 날
네 옷을 벗겨 내느라
손톱 밑이 아리다

탱글탱글 야무진 알몸
살짝 입에 무니
부끄러워 톡 쏘아댄다

매콤한 맛에 당해
얼얼해진 혀
얄밉다, 내 눈꼬리 올라가고

기어코,
눈에 눈물까지 빼고만
너의 성질머리.

하늘을 날다

창공을 나는 새
부러워했지

저 높이
저 멀리
어디든 날아가니

나 또한
속박되고 싶지 않아

어디든
훨훨
나만의 자유를 찾아

그 누구도
날 막을 수 없어

어느새 난,
저 새를 쫓아
하늘을 날고 있다

몸과 마음이 분리되어.

피노키오의 코

날이 갈수록
세상이 팍팍해진다

침 튀며 내뱉는 말솜씨
썩어가는 겉과 속

퇴색되어 변해버린 속성은
속고 속이는 팔아버린 양심이다

높게 쌓은 바벨탑으로는
타락의 늪 헤어나지 못해

눈에 보이지 않고
점점 길어만 가는 인간의 코

나만 잘 먹고 잘살 수 있을까
그러다가 언젠가는 나도 당한다

허무한 인생길 돌아보게 하는
진실과 거짓의 부메랑.

장독대의 향취

햇살 가득 정성 들여서
마음 한 자락 내 주었다

흐르는 세월 보듬어
숙성해 가니 손끝에 찍어

혀에 감도는 향과 감칠맛
가슴속 깊이 품는다

항아리 속에서
익어가는 장맛처럼

내 삶 또한 속속들이 영글어
지금의 내가 있다

장독대의 향취 속에서

지난날을 회상하며
오래된 그리움을 먹는다.

시간이 가고 있다

숱한 시간을 보내고
나 여기에 서 있다

지나온 내 삶을
하나하나 떠올리지만
점점 희미해져 가는
지난날 기억의 파편들

이내
아쉬움에 쏟는 눈물
보이는 건 잠시뿐
이젠 무엇을 돌아볼 수 있을까

점점 사라져간다
점점 멀어져간다

내가 가는
이 길 끝에 서면
무엇을 알고 있을까
기억이나 제대로 날까

지금도
시간이 가고 있는데.

인생의 참맛

숱한 세월 살면서
느껴보는 인생의 진한 맛

수고로움이 송골송골
이마에 맺히던 한 여름날

흐르는 땀방울
이내 입으로 들어오는 순간

난생처음 맛보는
짜디짠 맛의 놀라움

참으로, 이 나이 되어서야
알게 된 모순된 어깃장이 아닌가

처음 알게 된 인생의 참맛
아이러니하게 맛본다.

포도

알알이 영글었다
보기도 좋게

주렁주렁 탐스럽다
먹음직스럽게

햇볕
바람
비
세상에 거저 되는 게 없다.

따가운 봄 햇살 아래
새순 잘라주고
알도 솎으면서
귀에 속삭여 주었지

넌 희망이라고.

새날

여명이 찾아오니
온 세상은 기지개를 펴고
움츠렸던 몸을 추스른다

지난밤 동안
숨죽이고 고요했던 땅 위에
투명한 빛이 드러나기 시작하고

떠오르는 태양은
우리 생명의 발돋움 되어
세상 구석구석을 살리려 한다

이제, 지상에 만물들이
숨을 고르기 시작하며
이 땅이 위대해지려 애쓰고 있다

새날은 새 빛으로
나와 너, 우리 모두 소망으로
신바람 난 잔치를 벌일 계획이다.

달빛 내리는 길

어두운 길 걸어갈 때
부는 바람에
혼자 쓸쓸하진 않으셨나요

외롭다는 느낌 들어
나지막이
휘파람 불며 걸으셨나요

누군가가 그리워
혹여
눈시울이 촉촉해지셨나요

홀로 외로이 걷는 길
달빛 내리는 길되어
뒤따라가며 동행해 드릴게요

그대 세상사는 동안
언제라도
변함없는 달빛이 되어.

마네킹의 하루

하루가 또 시작되면
새로운 옷으로
갈아입어야 하고

오고 가는 뭇 시선에
뽐내듯 시침 떼며
멋진 무게도 잡아보고
이리저리 기웃거리는
사람들 앞에서 도도하게 서 있지

화려한 겉모양 속은 빈 강정
내 맘대로 할 수 있는 건 없어
그저 입혀주는 대로
손 올리는 대로
앉히면 앉고 세워 놓으면 선 채로

온종일 진열장에 갇힌 신세
자유가 그리워
움직이는 모습들이 부러워
말없이 소원하지
이 울타리를 뛰어넘고 싶어서

내 마음 짚어 네 마음 알듯이
창밖만 바라보며
속으로 눈물짓는 마네킹의 하루를.

그림자

넌
항상 그랬다

손짓 발짓의
꼭두각시로

뒤에 숨어
늘 혼자였으며

걸으면 같이 걷고
뜀박질하면 함께 뛰었다

그저, 웃기도 하고
울기도 하면서

넌 나였고
나 역시 너였다.

겨울 이야기

반복된 계절이 쌓여
잉태한 사랑
겨울 되어 내게 왔네

내게 향한 미소
따스한 햇볕 되어 비추니
꽁꽁 언 대지를 녹이고

두 손 꼭 잡은 약속
눈 쌓인 길마다
사랑의 발자국 남기네

한마음 만들어 가는
우리의 이야기가 있어
이 겨울이 춥지 않다

오래 묵고 묵어 곰 삭아서
진국과도 같은
겨울이란 이름으로 내게 온 사랑.

밥풀떼기 사랑

어린 시절 허겁지겁 먹다 보면
볼살에 붙은 밥알
아버지 하신 말씀
놀다가 궁금해지면 떼어먹어라
하시던 말씀
생각나 웃곤 한다

학창시절 밥알 두어 톨 떼어
편지 봉투 봉할 때
문질러 맞붙였던 기억
국군장병 위문편지 쓰던 때와
친구들과 한창 유행했던
펜팔 맺어 편지 보냈던 추억

지금의 난
한 알의 밥풀떼기 사랑 되어
꼭 붙어 있다

그대 옆에 찰싹!

흔적

그리움으로 자라
가슴에 새겨진
그대의 소리 듣습니다

밤마다 느끼는 숨결 소리
두근거리는 심장 소리에

나도 모르는 사이
피어난
떼어 놓지도 못하는 사랑

시간의 흐름 속에
지독한 그리움 되어
지울 수 없는 흔적으로
내 속에 머물고 말았습니다

이젠 나도
그대 속으로 들어갑니다

숨결 소리,
심장 소리 들려주기 위하여.

철새

어둠이 내리는 시간
무리 지어 날아가는 철새들

정든 곳 떠나기 아쉬운 듯
저마다 부르짖으며 날아가네

어쩔 수 없는 생의 행로,
철새들의 타고난 숙명인 걸

저 멀리 그리운 고향 찾아
애처로운 날갯짓이 힘들어 보여도

먼 산야 지나 자유로이 넘나드는
자유가 한편 부럽기도 하네

그동안 정든 마음 잊지 말고
다시 올 날 기약이나 해두었으면.

가로등

길모퉁이 외로이 서 있는 너는,
이 밤 무엇을 생각하는지
가던 길 멈추어 물끄러미 바라본다

재잘거리며 지나가는 아이들 보며
환하게 웃음 비춰주며
퇴근길 잰 발걸음을 옮기는 이들에게
따스함도 내려주는 네가 좋구나

내가 사는 아파트 아래층에
칠순 할머니 눈이 침침하시니 걱정되고
공부하고 돌아오는 학생들
지나가는 뒷모습 애처로운 듯 지켜보네

저만치서 들려오는 헛기침 소리에
더 밝게 빛을 내는구나
오호라,
길 맨 끝 집 사시는 할아버지시구나

어느새 동네 사람들 발걸음 소리는
네가 다 꿰고 있고
따스하게 길 밝혀주니 위안이 되고
얼마나 든든한지 고맙다, 너 가로등

골목 입구에서 멍멍이 짖는 소리에
갑자기 더 환해지는 불빛
또 누군가 이 길을 향해 걸어오는지
너는 벌써 알고 있겠지.

생각나는 사람

분주하던 일손
잠시 멈추고

마시는 찻잔 속에
네 얼굴이 아른거린다며

궁금해서 전화했어
잘 지내니 하며

생각나는 사람
나, 였으면 좋겠습니다

길 가다가
꽃집이 보이면

꽃 한 다발 사 들고
네 생각이 나서 샀어 하며

시시때때로
생각나는 사람

바로
나, 였으면 좋겠습니다

나 홀로 서서

어둠이 스미면
지난날의 잔여물
침묵으로 가슴에 내리고

하늘 고리 만들어
하나씩 매달아 놓은 사연
그리움에
보고픔에
섧고 애달픈 날들
그 얼마였던가

달빛 그림자 아래
흔들리는
앙상한 가지의 흐느낌
바람에 밀려
떠나는 마음은
그 어떤 외로움인가

흩어진 세월에
손 내밀어 보는데
깊어가는 밤에 나 홀로 서서.

감기몸살

뜨거운 불덩어리
온몸 달궈 놓더니

신음까지 견디라며
눈물 한 짐 빼는구나

살 속 뼈마디마다
압박하기를 몇 날

가슴 멍울 토하게 한
넌 혹독한 꽃샘추위

약 발라 싸매 준다 한들
상한 마음 낫기야 할까 마는

오냐, 오기로라도
씨름 한판 겨루어 이겨 보자꾸나.

공수래공수거

아프다, 슬프다

무엇이 그리 서러운지
애달픈 가락에 숨겨진 사연

비틀거리는 너의 몸짓에
가슴 한쪽이 저림을 느낀다

저 높은 곳을 향해
끝없이 갈망하는 눈빛

이 세상 부귀영화냐
개도 안 물어갈 명예더냐

바동거릴수록
몸도 마음도 상처뿐인 것을

거머쥔 두 주먹은
그 무엇을 잡으려 하나

아서라
말아라

친구야, 모두 툭툭 털어버리자
공수래공수거인 것을.

장미의 계절

봄 햇살 내리는 날
나비의 날갯짓에
나도 모르게 따라 나섰다

골목길에 들어서니
풍겨 나오는
달콤한 너의 향기

담장 너머 살포시
얼굴 내밀고
수줍은 듯 흔들거리네

어여쁘다, 너 장미
노랗게 빨갛게
초록의 잎도 잘 어우러져

너의 향기와 모습에
마음 빼앗긴
햇살 내리는 유월 어느 날.

삼복더위

뜨거운 여름
숨 가쁜 날들의 연속이다

숨마저 턱턱 막혀 기진맥진하니
보양식 챙겨 이겨보려네

아 어쩌란 말이냐
거부할 수 없는 계절의 순환이려니

한여름 삼복더위야
그래도 시간이 약이라더니

곧 다가올 가을바람
더위에 아프고 지친 마음
싸매고 어루만져 주겠지.

꼬마 눈사람

눈길 위에서
마냥 즐거운 아이들

누가 먼저라 할 것 없이
서로 눈을 뭉치며 신이 났다

둥글게 굴린 눈덩이를 포개어
꼬마 눈사람을 만들고

"이게 너야
봐봐 너 닮아 보이지?
아주 못생겼어."
"나 아냐
이건 내가 아니고 너잖아"

"아니, 너라니까?" 하며
달아나고
"아냐 아냐, 난 아냐?" 하며
뒤를 쫓는다

서로 아니라며 우기며
뛰는 아이들 모습이 마냥 좋다

"하하하" 웃음소리가
기분 좋게 울려 퍼진다.

겨울바람아

눈 덮인 산과 들에서
겨울바람 쏟아져 내리고

삭막한 바위 절벽 깎으며
내려오는 매서운 겨울바람아

앙상한 나뭇가지의
휘청거리는 애처로운 표현도

엄동설한 기세등등해
강물마저 꽁꽁 얼게 하고

바다 태풍으로 몰아쳐도
철새는 바다 건너갈 준비하고

말없이 숨죽였던 날들은
제 몫 하려 서서히 고개를 들 때

저 남쪽에서 훈풍 불어주니
따스한 계절 손짓하며 다가온다네.

봄을 기다리며

얼었던 시냇물
녹아내릴 즈음

꽃향기 가득 찬 봄이
곧 올 것만 같아

따스한 기운 불어
만물 소생시키듯

훈훈한 바람은
새날 만들어 주고

새들의 지저귐에
가슴 두근거릴 때

반가운 임 소식
두 손에 가득히 담아

살포시 내려놓으니
그대는 봄입니다.

가슴으로 부르는 노래

끝없는 사랑의 갈구로 숨을 쉬며 사계절 내내
지치지 않는 아름다움을 가슴에 채우니까요.

시인의 가슴

시인의 가슴은
아름다움을 수 놓으며
사랑을 노래하죠

내면 깊은 곳에서 나오는
끝없는 사랑의 갈구
지치지 않고 나오는 언어들이
마음속 가득 요동하니까요

시인의 가슴은
계절마다 부는 바람 속에서
향기로운 숨을 쉬죠

눈 속에 들어온 자연에 취해
하늘과 바다, 나무와 꽃을 보며
작은 움직임 하나에도
기뻐하며, 아파하며 눈물 되어
한 줄 글로 표현되어 나와요

시인의 가슴은
세상을 바라보는 눈 속에
인생도 담아가죠

우리의 살아가는 희로애락이
성숙해져 가는 과정되어
삶의 의미 만들어갈 수 있는
한장 한장 기록되는
희망의 메시지가 되니까요

시인의 가슴은 이 모든 것을
말하고 싶어서
전하고 싶어서.

고백

이 모습 그대로
당신께 머리 숙입니다

가는 길 멀고 험해도
동행하여 주시고
절망을 희망으로
고난을 감사로

막힌 담도 허물어
괴롬도 한 날로 끝내시니
당신 앞에
내 가진 것 다 내려놓습니다

나를 붙드신
당신으로 말미암아
기뻐 뛰며
그 궁정에 들어가 뵈올 때

세세토록 영광 올리기를
두 손 모아 고백하며
당신 앞에
조용히 무릎 꿇습니다

내가 원하는 한가지
당신의 기쁨이 되고자.

가을 이야기

가을빛이
세상을 온통 물들이듯

내 마음도
물들어 가고 있습니다

이 가을빛이
곱게 물들어 가는 것처럼

내게 내어준
붉은 마음 한 가닥 때문에

내 얼굴도
따라서 붉어집니다

이 가을이
곱게 붉어지는 이유처럼.

6월의 침묵

6월의 침묵
뙤약볕 아래 잠들다

목숨 바쳐 일궈낸 나라
임들의 조국 사랑
그 뜨거운 피 끓음을 아는가

미래의 자화상을 가지고
이 시대를 이끌어갈 젊은이들이여
이 나라의 깃발이 높이 들리고

저 푸른 하늘을 마음껏 바라볼 수 있는
진정한 자유를 깨닫기를 바라며
너희가 서 있는 이 땅은
거룩한 피 흘림의 삯인 것을 잊지 말라

6월은 침묵으로 말한다
일백 번 고쳐 죽는다 해도
자랑스러운 나의 조국뿐이라고

그 희생의 발판 아래
숭고한 정신의 넋들 앞에
우리 모두 겸허히 머리를 숙이자.

여름밤

까만 밤 사이로
몰래 감춰둔
그리움이 눈을 든다

나뭇가지가 흔들리는 건
바람을 핑계로
스며드는 임 그림자

보이지 않아도
잡히지 않아도
숨결 느낄 수 있음에,

밤새워 뒤척이며
까만 밤 품어
하얗게 태워버리고

미명 속에 아득히
들려오는
뻐꾸기의 소리

잠 못 든 나를
재워주려고
노래하고 있나 보다.

갑론을박

너만 잘났느냐
나도 잘났다

너도 다 아느냐
나도 다 안다

그래서 예전엔 그랬냐
인생 그렇게 살지 말라

그러는 넌?
그래 네 팔뚝 굵다

입에서 튀는 침
냄새만 고약하고

서로 들춰봤자
제 살 파먹기요

얼굴에 먹칠하기 매일반
팽팽한 언쟁의 파노라마

저기 제삼자 웃고 있다.

가을 여인

가을바람이 살랑거리며
내뿜는 향기로 마음 흔드니
어느 누군들 취하지 않겠나

각양각색으로 단장하고
뽐내며 서서 발걸음 붙드니
어느 누군들 감탄하지 않을까

제 개성과 색채로 시절을 쫓아
세상을 꾸미고 만들듯
우리네 삶 속에 피어나는 여심

때가 되면 피었다 지고
지었다가 다시 피는
거스를 수 없는 운명이라지만

흐르는 세월 안고
어느새 농익어가는
성숙한 여인의 향기가 좋다

사람들 기억 속에
또, 가슴 한편에 아련히 남고 싶은
가을 여인이 되고 싶어라.

계절의 길목에서

그립다, 그리워
그대 그리워서
나, 여기에 서 있어요

외롭다, 외로워
나 외로워서
나, 여기에 서 있어요

보고 싶다, 보고 싶어
그대 오신다기에
나, 기다리며 서 있어요

하루가 또 가지만
순환되는 계절의 길목에서
맴돌고 서 있는데

그대 눈에 보이기나 하시는지요.

비가 내립니다

나에게, 비가 내립니다

맑은 하늘에
모여든 구름은
한 방울씩 떨어지더니
차츰 가슴을 적시기 시작하고

점점 세차게
바람까지 불어 어두워지며
천둥 번개 동반하여
아프게 때리기까지 하네요

밤새 내린 빗줄기는
몸과 마음조차
추위와 두려움에 떨게 하고
언제쯤 가라앉게 하려는 건지

나에게 내린 비는
눈물 되어 아파서, 아파서
말도 못하고 이렇게
내 속에 가득 고여만 있습니다.

잃어버린 마음

잃어버렸다
내 마음을

어디에 흘려 버렸을까?
어느 누가 가져간 걸까?

길을 잃은 아이처럼
찾아봐도 보이질 않네

미아가 되어버린 빈 마음
경찰에 신고해야 하나

누가 내 마음 좀
찾아 주지 않으시겠어요?

바보같이

밤하늘
빛나는 별빛은
내게만 비추는 줄 알았고

뜨거운 사랑 노래
내 귀에만 들리는 줄
착각하며 행복인 줄 알았네

손 내밀면
닿을만한 그곳에
항상 서 있는 줄 만 알았고

보고 싶어 손짓하면
세상만사 제쳐놓고
내게로 달려오는 줄 알았네

나의 사랑은
언제까지나 변함없이
나만 바라보는 줄 알았네

바보같이
난, 여태
그런 줄만 알았었네.

가을이 가는 소리

가을이 떠나려
내 마음에 들리는 소리

숲이 된 마음
이제는 비워야 한다고

가을빛 치장도
이제는 벗어야 한다고

내어준 마음은
점점 야위어 가고

힘겨운 듯 사그락 거리는
낙엽들의 신음

내게 들리는 애절한 소리
가을이 가는 소리.

엿장수의 꿈

노랫가락에 몸과 마음 실어
장터에서 지내온 인생살이

뭇시선도 아랑곳없이
꿋꿋이 다져진 세월
꿈이 있었다네
정녕 후회는 없다네

가위 소리 장단에 맞춰
구수하게 흘러나는 노랫가락
뭇사람들의 마음을 잡고
지나는 발걸음을 붙드네

누가 알아주지 않아도
흘러간 세월 칠십 평생
노래는 영원한 친구요
엿 수레는 평생 동반자라네

꿈 이룬 음반에 눈물이 마르고
인기도 많아 연말엔 바쁘지만
어려운 이웃에게 사랑도 전한다는
멋쟁이 엿장수 할아버지

오직 한길로 지나온 희로애락 속에
남은 세월도 이렇게 흘러가려 한다네.

별의 약속

밤하늘의 별이
먼 길을 찾아
나에게로 내려온다

두 손 꼭 잡고
세월의 무게 나누며
위안으로 함께하자며

다정하게 속삭이는
입맞춤으로
내게 다가왔다

별의 약속으로
내 가슴은
행복으로 가득 차 있다

코스모스

가을 향기 뿌리며
고독하고 외로운 척

아롱다롱 분칠하고
실눈 뜨며 웃는 여자

하늘거리는 손짓에
안 넘어가는 이 없고

가는 허리 꼬아 대며
유혹도 재간이라

눈꺼풀 힘 풀리고
차마 떼지 못한 발걸음

숱한 남정네들의
마음 빼앗는 기생꽃.

소중한 사랑

저 높은 곳에서
이 낮은 곳으로

빛이 되어
내게 오신 사랑이여

어두운 밤길에도
내게 등불 되어
앞길 비춰주시니

넘어지거나
다른 길로 가지 않아요

두 손 꼭 잡고
함께 걸어가는
동반자 되어 주시니

그 어떤 어려움도
문제가 되지 않아요

내게 오신
그 귀하신 발걸음에
감사드리며

내 입술의 잔을
당신께 온전히 드립니다.

이별

가을비에
마음 젖고
손끝은 시린데

가진 것 다 내어놓고
빈 마음으로
길 떠나는 채비를 하네

아!
너는 어찌하여
날 애타게 하며 가려 하나

세월의
한 페이지를
가슴에 남겨놓고.

소낙비

뜨거운 열기 속에
대지도 녹아 가는 날

긴긴 목마름에
시들어 고개 들지 못하고
까맣게 타들어 가는 마음에

갈증 채워주는 소낙비
기다리는 심정을 정녕 알까

눈물 한 방울씩 모아서
그리움 켜켜이 담다 보면
비구름 되는 날

메마른 저 하늘 가득히
단비 기다리는 내 마음 알까

오늘처럼
시커먼 구름 떼들 모여들어
내리는 소낙비 속에
숨겨진 눈물과 그리움을

보았는가
느꼈는가.

겨울 낙엽

양지바른 나뭇가지 사이로
햇빛 줄기 너에게 쏟아져 내리면

사그라지지 못해 숨죽이는
낙엽의 가녀린 몸놀림에 나 아프다

녹지 않은 눈 틈새로 내미는 냉가슴은
기다림에 매달리는 나와 같아 보이나

나뭇가지 사이로 불어오는 겨울바람에
흔들림은 그리움의 지나간 자리

어느덧 겨울의 중반은 지나가는데
차디찬 냉기 속에 숨어 숨 쉬는 너뿐일까

우리의 기다림의 세월은
따스한 훈풍 속에 녹아 눈물 되어 흐르리

그렇게 너와 나의 사연 한 가닥이 되어
눈물 속에 핀 아픔 녹아내리는 날 오리.

가슴앓이

무엇이 그리 서럽길래
검 붉은 눈물
토해 놓는가

뜨거운 햇살에 덴 가슴
아프고 아파서
알게 모르게 쌓인 앙금

무관심한 마음 서리로 내려
삭히고 삭혀도
커질 대로 부푼 노이로제 현상

겹겹이 쌓인 응어리
뜨거운 눈물도
녹이지는 못하는데

그 무엇으로도
위로가 되지 않는
가슴앓이.

당신과 나

당신과 나는
사랑을 하고 있지요

내게 주신
당신의 사랑 안에서
하루하루가
행복으로 가득합니다

감동을 주신
사랑 노래의 음성은
그 어떤 것보다
아름다운 선물 되었고

영혼 속으로
스미는 입맞춤은
서로가 하나 되어
온몸을 불사르게 하지요

당신께서
잡아주신 손은
세상 끝날까지 변치 않는
우리의 약속이 되었기에

당신과 나는
애틋하고 뜨겁게
그 누구도 못 말리는
그런 사랑을 하고 있습니다.

가을밤의 독백

쓸쓸함이 감도는
시월의 밤은 고요하고 적막하다

너는, 지나가는 세월의
한 가닥 선을 긋고
이 계절의 끝에 서 있다

낙엽이 바람에 떨어지고
앙상한 가지가 흔들리는
너의 모습 보며 나도 서 있다

지나온 길을 돌아보니
인생무상 허무함만 감돌 뿐
가슴 한 부분이 애닳고 아리다

계절의 톱니바퀴는 돌고
저 하늘은 여전히 변함없어
달라지는 건 우리 인생사 인가

오늘도 바쁘게 움직인 하루
곤한 내 영혼이
안식을 위한 잠자리 찾아들 때

가을 달빛의 은은함은
마감하는 하루에
위로의 입맞춤으로 스며든다

흐트러진 지난 시간을
가슴에 담고 또 담게 하면서
내 기억은 잊지 말아야 할 텐데

그러다, 어느 순간에
주마등 같이 흐르는 기억 속에서
웃음 지을 수 있는 날들이 있겠지.

생명의 빛

사람들은 누구나
가슴에 빛을 가지고 있지만

우리는 가진 것조차
모르고 살아가고 있습니다

환하게 웃는 얼굴의 빛은
마음의 어둠을 밝혀주어
주변과 세상을 바꾸는 힘이 되고

용서하는 화해의 빛은
상대방의 눈물을 닦아주며
나와 세상을 이기는 원천이 되며

사랑을 나누는 마음의 빛이 모여
미움 근심 슬픔 고통 모든 역경을
행복 꿈 희망 성공으로 바꾸게 됩니다

이렇듯 웃음과 용서와 사랑으로
서로의 따스한 빛으로 밝혀준다면
마음속에는 희망의 씨가 생겨나

그 희망의 씨를 심고 가꿔 나간다면
우리 미래는 아름다운 삶의 열매인
생명의 빛으로 세상이 밝아질 것입니다.

나 있으니까

두 눈을 감아봐
그리고 걸어봐

발에 채는 돌과 잡초들
움푹 파인 웅덩이와 계단도
하나씩 알려줄게.

거리의 가로수나 자전거도
신호등이 있는 건널목도
안전하게 건네줄게.

아무 걱정 하지 말고
걸어봐
모든 걸림돌 치워줄게.

이젠
네 손 잡은
나 있으니까.

미래의 푸른 나무

바람이 분다
세찬 비바람에 가지가 흔들리고
쓰러지지 않으려 나무가 소리 내 운다

아 !
어찌 이 여린 가지에
아픔의 눈물이 흐르는가
사랑과 정성으로
가꾸고 보살펴야 할 의무
우리는 잊고 살아가는가

가정과 이사회가
든든한 버팀목이 된다면
거센 폭풍이 휘몰아친다 해도
꺾여지지는 않을 것이 아니겠는가

오늘은 비바람 속에 서 있어도
내일은 따사로운 햇살이 비춰주고
저 하늘 비구름 위에는 변함없이
찬란한 태양이 비춰주고 있지 않은가?

태풍이 휘몰아치는 밤이 지나고
살을 에는 듯한 엄동설한도 지나
물오르고 푸른 잎 더해 갈 때면
새들 찾아와 노래 불러주지 않겠는가
때가 되면 아름다운 결실 맺히지 않겠는가

비바람과 폭풍을 이겨낸
미래의 푸른 나무는 아름다울 것이다
나이테가 늘어갈수록
그 아름다움을 한껏 노래할 것이다.

*학교 폭력의 아픈 상처로 눈물 흘린 우리 아이들을 생각하며.

그대, 왜냐고 물거든

서복길 시집

초판 1쇄 : 2014년 1월 20일

지 은 이 : 서복길

펴 낸 이 : 김락호

디자인 편집 : 한지나

표지 디자인 : 우기수

기 획 : 시사랑 음악사랑

인 쇄 : 청룡

연 락 처 : 1899-1341

홈페이지 주소 : www.poemmusic.net

E-Mail : poemarts@hanmail.net

정가 : 10,000원

ISBN : 978-89-91664-74-6